AF373557

LETTRE

SUR

LA MUSIQUE

FRANÇOISE.

Par J. J. ROUSSEAU.

Sunt verba & voces, prætereaque, nihil.

M. DCC. LIII.

AVERTISSEMENT.

LA querelle excitée l'année derniere à l'Opéra n'ayant abouti qu'à des injures, dites d'un côté avec beaucoup d'esprit & de l'autre avec beaucoup d'animosité, je n'y voulus prendre aucune part ; car cette espéce de guerre ne me convenoit en aucun sens, & je sentois bien que ce n'étoit pas le tems de ne dire que des raisons. Maintenant que les Bouffons sont congédiés, ou préts à l'être, & qu'il n'est plus question de Cabales, je crois pouvoir hazarder mon sentiment, & je le dirai avec ma franchise ordinaire, sans craindre en cela d'offenser personne ; il me semble méme que sur un pareil sujet toute précaution seroit injurieuse pour les Lecteurs; car j'avoue que j'aurois fort mauvaise opinion d'un Peuple qui donneroit à des Chansons une importance ridicule; qui feroit

plus de cas de ſes Muſiciens que de ſes Phi-
loſophes, & chez lequel il faudroit parler
de Muſique avec plus de circonſpection
que des plus graves ſujets de morale.

LETTRE
SUR LA MUSIQUE
FRANÇOISE,

Ous souvenez-vous, Monsieur, de l'histoire de cet enfant de Si-léfie dont parle M. de Fontenelle, & qui étoit né avec une dent d'or? Tous les Sçavants de l'Allemagne s'épuiferent d'abord en fçavantes differtations, pour fçavoir comment on pouvoit naître avec une dent d'or : la derniere chofe dont on s'avifa fut de vérifier le fait, & il fe trouva que la dent n'étoit pas d'or. Pour éviter un femblable inconvénient, avant que de parler de l'excellence de notre Mufique, il feroit peut-être bon de s'af-

A

furer de fon exiftence, & d'examiner d'a-
bord, non pas fi elle eft d'or, mais fi
nous en avons une.

Les Allemands , les Efpagnols & les
Anglois, ont long-tems prétendu poffé-
der une Mufique propre à leur langue :
en effet , ils avoient des Opéra Nation-
naux qu'ils admiroient de très-bonne foi,
& ils étoient bien perfuadés qu'il y alloit
de leur gloire à laiffer abolir ces chefs-
d'œuvres infupportables à toutes les oreilles , excepté les leurs. Enfin le plaifir l'a
emporté chez eux fur la vanité , ou du
moins , ils s'en font fait une mieux en-
tendue de facrifier au goût & à la raifon
des préjugés , qui rendent fouvent les
Nations ridicules, par l'honneur même
qu'elles y attachent.

Nous fommes en France dans les fentimens où ils étoient alors ; mais qui nous
affurera que ‘pour avoir été plus opiniâ-
tres , notre entêtement en foit mieux fondé ? Ne feroit-il point à propos, pour en

bien juger, de mettre une fois la Musique Françoise à la coupelle de la raison, & de voir si elle en soutiendra l'épreuve.

Je n'ai pas dessein d'approfondir ici cet examen ; ce n'est pas l'affaire d'une Lettre, ni peut-être la mienne. Je voudrois seulement tâcher d'établir quelques principes, sur lesquels, en attendant qu'on en trouve de meilleurs, les Maîtres de l'Art, ou plûtôt les Philosophes pussent diriger leurs recherches : car, disoit autrefois un Sage, c'est au Poëte à faire de la Poësie, & au Musicien à faire de la Musique ; mais il n'appartient qu'au Philosophe de bien parler de l'une & de l'autre.

Toute Musique ne peut être composée que de ces trois choses ; mélodie ou chant, harmonie ou accompagnement, mouvement ou mesure.

Quoique le chant tire son principal caractére de la mesure, comme il naît immédiatement de l'harmonie, & qu'il assujetit toujours l'accompagnement à sa

A ij

marche, j'unirai ces deux parties dans un même article, puis je parlerai de la mesure séparément.

L'harmonie ayant son principe dans la nature, est la même pour toutes les Nations, ou si elle a quelques différences, elles sont introduites par celles de la mélodie ; ainsi, c'est de la mélodie seulement qu'il faut tirer le caractére particulier d'une Musique Nationnale ; d'autant plus que ce caractére étant principalement donné par la langue, le chant proprement dit doit ressentir sa plus grande influence.

On peut concevoir des langues plus propres à la Musique les unes que les autres ; on en peut concevoir qui ne le seroient point du tout. Telle en pourroit être une qui ne seroit composée que de sons mixtes, de syllabes muettes, sourdes ou nazales, peu de voyelles sonores, beaucoup de consones & d'articulations, & qui manqueroit encore d'autres conditions effentielles, dont je parlerai dans l'article de la mefure. Cherchons, par curiofité, ce qui réfulteroit de la Mufique appliquée à une telle langue.

Premierement, le défaut d'éclat dans le fon des voyelles obligeroit d'en donner beaucoup à celui des notes, & parce que la langue feroit fourde, la Mufique feroit criarde. En fecond lieu, la dureté & la fréquence des confones forceroit à exclure beaucoup de mots, à ne procéder fur les autres que par des intonations élémentaires, & la Mufique feroit infipide & monotone ; fa marche feroit encore lente & ennuyeufe par la même raifon, & quand on voudroit un peu preffer le mouvement, fa viteffe reffembleroit à celle d'un corps dur & anguleux qui roule fur le pavé.

Comme une telle Mufique feroit dénuée de toute mélodie agréable, on tâcheroit d'y fuppléer par des beautés factices & peu naturelles ; on la chargeroit

de modulations fréquentes & régulieres ;
mais froides, fans graces & fans expreffion. On inventeroit des fredons, des cadences, des ports de voix & d'autres
agrémens poftiches qu'on prodigueroit
dans le chant, & qui ne feroient que le
rendre plus ridicule fans le rendre moins
plat. La Mufique avec toute cette mauf-
fade parure refteroit languiffante & fans
expreffion , & fes images, dénuées de
force & d'énergie, peindroient peu d'objets en beaucoup de notes, comme ces
écritures gothiques, dont les lignes rem-
plies de traits & de lettres figurées, ne
contiennent que deux ou trois mots, &
qui renferment très-peu de fens en un
grand efpace.

L'impoffibilité d'inventer des chants
agréables obligeroit les Compofiteurs à
tourner tous leurs foins du côté de l'harmonie, & faute de beautés réelles, ils y
introduiroient des beautés de conven-
tion, qui n'auroient prefque d'autre mé-

rite que la difficulté vaincue ; au lieu d'une bonne Muſique, ils imagineroient une Muſique ſçavante ; pour ſuppléer au chant, ils multiplieroient les accompag-mens ; il leur en couteroit moins de pla-cer beaucoup de mauvaiſes parties les unes au-deſſus des autres, que d'en faire une qui fût bonne. Pour ôter l'inſipidité, ils augmenteroient la confuſion ; ils croi-roient faire de la Muſique & ils ne fe-roient que du bruit.

Un autre effet qui réſulteroit du dé-faut de mélodie, ſeroit que les Muſiciens n'en ayant qu'une fauſſe idée, trouve-roient partout une mélodie à leur ma-niere : n'ayant pas de véritable chant, les parties de chant ne leur couteroit rien à multiplier, parce qu'ils donneroient hardiment ce nom à ce qui n'en ſeroit pas ; même juſqu'à la Baſſe-continue, à l'uniſſon de laquelle ils feroient ſans fa-çon réciter les Baſſes-tailles, ſauf à cou-vrir le tout d'une ſorte d'accompagnement, dont la prétendue mélodie n'auroit aucun rapport à celle de la partie vocale. Partout où ils verroient des notes ils trouveroient du chant, attendu qu'en effet leur chant ne feroit que des notes. *Voces, præstereàque nihil.*

Paffons maintenant à la mefure, dans le fentiment de laquelle confifte en grande partie la beauté & l'expreffion du chant. La mefure eft à peu près à la mélodie ce que la Syntaxe eft au difcours : c'eft elle qui fait l'enchaînement des mots, qui diftingue les phrafes & qui donne un fens, une liaifon au tout. Toute Mufique dont on ne fent point la mefure reffemble, fi la faute vient de celui qui l'exécute, à une écriture en chiffres, dont il faut néceffairement trouver la clef pour en démêler le fens; mais fi en effet cette Mufique n'a pas de mefure fenfible, ce n'eft alors qu'une collection confufe de mots pris au hazard & écrits fans fuite, aufquels le Lecteur ne trouve aucun fens, parce que l'Auteur n'y en a point mis.

J'ai dit que toute Mufique Nationnale tire fon principal caractére de la langue qui lui eft propre, & je dois ajouter que c'eft principalement la profodie de la langue qui conftitue ce caractére. Comme la Mufique vocale a précédé de beaucoup l'inftrumentale, celle-ci a toujours reçu de l'autre fes tours de chant & fa mefure, & les diverfes mefures de la Mufique vocale n'ont pû naître que des diverfes manieres dont on pouvoit fcander le difcours & placer les bréves & les longues les unes à l'égard des autres : ce qui eft très-évident dans la Mufique Grecque, dont toutes les mefures n'étoient que les formules d'autant de rythmes fournis par tous les arrangemens des fyllabes longues ou bréves, & des pieds dont la langue & la Poëfie étoient fufceptibles. Deforte que quoiqu'on puiffe très-bien diftinguer dans le rythme mufical la mefure de la profodie, la mefure

du vers, & la mesure du chant, il ne faut
pas douter que la Musique la plus agréable, ou du moins la mieux cadencée, ne
soit celle où ces trois mesures concourent ensemble le plus parfaitement qu'il
est possible.

Après ces éclaircissemens, je reviens
à mon hypothése, & je suppose que la
même langue, dont je viens de parler,
eût une mauvaise prosodie, peu marquée,
sans exactitude & sans précision, que
les longues & les bréves n'eussent pas
entre elles en durée & en nombres des
rapports simples & propres à rendre le
rythme agréable, exact, régulier; qu'elle
eût des longues plus ou moins longues
les unes que les autres, des bréves plus
ou moins bréves, des syllabes ni bréves
ni longues, & que les différences des
unes & des autres fussent indéterminées
& presque incommensurables : il est clair
que la Musique Nationnale étant con-
trainte de recevoir dans sa mesure les ir-

régularités de la profodie, n'en auroit qu'une fort vague, inégale & très-peu fenfible; que le récitatif fe fentiroit, furtout, de cette irrégularité; qu'on ne fçauroit prefque comment y faire accorder les valeurs des notes & celles des fyllabes; qu'on feroit contraint d'y changer de mefure à tout moment, & qu'on ne pourroit jamais y rendre les vers dans un rythme exact & cadencé; que même dans les airs mefurés tous les mouvemens feroient peu naturels & fans précifion; que pour peu de lenteur qu'on joignît à ce défaut, l'idée de l'égalité des tems fe perdroit entiérement dans l'efprit du Chanteur & de l'Auditeur, & qu'enfin la mefure n'étant plus fenfible, ni fes retours égaux, elle ne feroit affujettie qu'au caprice du Muficien, qui pourroit à chaque inftant la preffer ou la ralentir à fon gré, deforte qu'il ne feroit pas poffible dans un concert de fe paffer de quelqu'un qui la marquât à tous, felon la fantaisie ou la commodité d'un seul.

C'est ainsi que les Acteurs contracteroient tellement l'habitude de s'asservir la mesure, qu'on les entendroit même l'altérer à dessein dans les morceaux où le Compositeur seroit venu à bout de la rendre sensible. Marquer la mesure seroit une faute contre la composition, & la suivre en seroit une contre le goût du chant; les défauts passeroient pour des beautés, & les beautés pour des défauts; les vices seroient établis en regles, & pour faire de la Musique au goût de la Nation, il ne faudroit que s'attacher avec soin à ce qui déplaît à tous les autres.

Aussi avec quelque art qu'on cherchât à découvrir les défauts d'une pareille Musique, il seroit impossible qu'elle plût jamais à d'autres oreilles qu'à celles des naturels du pays où elle seroit en usage : à force d'essuyer des reproches sur leur mauvais goût, à force d'entendre dans une langue plus favorable de la véritable

Musique, ils chercheroient à en rappro-
cher la leur, & ne feroient que lui ôter
son caractére & la convenance qu'elle
avoit avec la langue pour laquelle elle
avoit été faite. S'ils vouloient dénaturer
leur chant, ils le rendroient dur, baro-
que & presque inchantable ; s'ils se con-
tentoient de l'orner par d'autres accompagnemens que ceux qui lui font propres, ils ne feroient que marquer mieux
sa platitude par un contraste inévitable ;
ils ôteroient à leur Musique la seule beauté dont elle étoit susceptible, en ôtant à
toutes ses parties l'uniformité de caractére qui la faisoit être une, & en accou-
tumant les oreilles à dédaigner le chant
pour n'écouter que la symphonie, ils par-
viendroient enfin à ne faire servir les voix
que d'accompagnement à l'accompagnement.

Voilà par quel moyen la Musique d'une
telle Nation se diviseroit en Musique vocale & Musique instrumentale ; voilà com-

ment, en donnant des caractéres différens à ces deux efpeces, on en feroit un tout monftrueux. La fymphonie voudroit aller en mefure, & le chant ne pouvant fouffrir aucune gêne, on entendroit fouvent dans les mêmes morceaux les Acteurs & l'Orcheftre fe contrarier & fe faire obftacle mutuellement. Cette incertitude & le mélange des deux caractéres introduiroient dans la maniere d'accompagner une froideur & une lâcheté qui fe tourneroit tellement en habitude, que les Symphoniftes ne pourroient pas, même en exécutant de bonne Mufique, lui laiffer de la force & de l'énergie. En la jouant comme la leur, ils l'énerveroient entiérement ; ils feroient fort les *doux*, doux les *fort*, & ne connoîtroient pas une des nuances de ces deux mots. Ces autres mots, *rinforᴢando*, *dolce*, * *rifoluto*.

---

* Il n'y a peut-être pas quatre Symphoniftes François qui fçachent la différence de *piano* & *dolce*, & c'eft fort inutilement qu'ils la fçauroient ; car qui d'entre eux feroit en état de la rendre ?

con guſto, *ſpiritoſo*, *ſoſtenuto*, *con brio*,
n'auroient pas même de ſynonimes dans
leur langue, & celui d'*expreſſion* n'y auroit aucun ſens. Ils ſubſtitueroient je ne
ſçais combien de petits ornemens froids
& mauſſades à la vigueur du coup d'ar-
chèt. Quelque nombreux que fût l'orcheſtre, il ne feroit aucun effet, ou n'en feroit qu'un très-déſagréable. Comme l'exécution feroit toujours lâche, & que les
Symphoniſtes aimeroient mieux jouer proprement que d'aller en meſure, ils ne feroient jamais enſemble : ils ne pourroient
venir à bout de tirer un ſon net & juſte,
ni de rien exécuter dans ſon caractére, &
les Etrangers feroient tout ſurpris qu'un
orcheſtre vanté comme le premier du
monde, feroit à peine digne des treteaux
d'une guinguette. Il devroit naturelle-
ment arriver que de tels Muſiciens priſſent
en haine la Muſique qui auroit mis leur
honte en évidence, & bien-tôt joignant
la mauvaiſe volonté au mauvais goût, ils

mettroient encore du deſſein prémédité
dans la ridicule exécution, dont ils auroient bien pu ſe 'fier à leur mal-adreſſe.

D'après une autre ſuppoſition contraire
à celle que je viens de faire, je pourrois déduire aiſément toutes les qualités d'une véritable Muſique, faite pour
émouvoir, pour imiter, pour plaire, &
pour porter au cœur les plus douces im-
preſſions de l'harmonie & du chant; mais
comme ceci nous écarteroit trop de notre
ſujet & des idées qui nous ſont connues,
j'aime mieux me borner à quelques ob-
ſervations ſur la Muſique Italienne, qui
puiſſe nous aider à mieux juger de la
nôtre.

Si l'on demandoit laquelle de toutes les
langues doit avoir une meilleure Gram-
maire, je répondrois que c'eſt celle du
Peuple qui raiſonne le mieux; & ſi l'on
demandoit lequel de tous les Peuples
doit avoir une meilleure Muſique, je dirois que c'eſt celui dont la langue y eſt

le

le plus propre. C'eſt ce que j'ai déja établi ci-devant, & ce que j'aurai occaſion
de confirmer dans la ſuite de cette Lettre. Or s'il y a en Europe une langue
propre à la Muſique, c'eſt certainement
l'Italienne; car cette langue eſt douce,
ſonore, harmonieuſe, & accentuée plus
qu'aucune autre, & ces quatre qualités
ſont préciſément les plus convenables au
chant.

Elle eſt douce, parce que les articulations y ſont peu compoſées, que la ren-
contre des conſonnes y eſt rare & ſans
rudeſſe, & qu'un très-grand nombre de
ſyllabes n'y étant formées que de voyelles,
les fréquentes éliſions en rendent la prononciation plus coulante : Elle eſt ſonore,
parce que la plûpart des voyelles y ſont
éclatantes, qu'elle n'a pas de diphtongues
compoſées, qu'elle a peu ou point de
voyelles nazales, & que les articulations
rares & faciles diſtinguent mieux le ſon
des ſyllabes, qui en devient plus net &

plus plein. A l'égard de l'harmonie, qui dépend du nombre & de la profodie autant que des fons, l'avantage de la langue Italienne eft manifefte fur ce point : car il faut remarquer que ce qui rend une langue harmonieufe & véritablement pictorefque, dépend moins de la force réelle de fes termes que de la diftance qu'il y a du doux au fort entre les fons qu'elle employe,& du choix qu'on en peut faire pour les tableaux qu'on a à peindre. Ceci fuppofé, que ceux qui penfent que l'Italien n'eft que le langage de la douceur & de la tendreffe, prennent la peine de comparer entre elles ces deux ftrophes du Taffe.

> Teneri fdegni e placide e tranquille
> Repulfe e cari vezzi e liete paci,
> Sorrifi, parolette, e dolci ftille
> Di pianto e fofpir, tronchi e molli bacci :
> Fufe tai cofe tutte, e pofcia unille,
> Et al foco temprò di lente faci ;
> E ne formò quel sì mirabil cinto
> Di ch' ella aveva il bel fianco fuccinto.
>
> Chiama gl' abitator de l'ombre eterne

Il rauco suon de la tartarea tromba ;
Treman le spaziose atre caverne,
E l'aer cieco a quel romor rimbomba ;
Ne sì stridendo mai da le superne
Regioni del Cielo il folgor piomba,
Ne sì scossa giammai trema la terra
Quando i vapori in sen gravida serra.

Et s'ils désesperent de rendre en François la douce harmonie de l'une, qu'ils essayent d'exprimer la rauque dureté de l'autre : Il n'est pas besoin pour juger de ceci d'entendre la langue, il ne faut qu'avoir des oreilles & de la bonne foi. Au reste, vous observerez que cette dureté de la derniere strophe n'est point sourde, mais très-sonore, & qu'elle n'est que pour l'oreille & non pour la prononciation : car la langue n'articule pas moins facilement les *r* multipliées qui font la rudesse de cette strophe, que les *l* qui rendent la premiere si coulante. Au contraire, toutes les fois que nous voulons donner de la dureté à l'harmonie de notre langue, nous sommes forcés d'entasser des confones de toute efpece qui forment des articulations difficiles & rudes, ce qui retarde la marche du chant & contraint fouvent la Mufique d'aller plus lentement, précifément quand le fens des paroles exigeroit le plus de viteffe.

Si je voulois m'étendre fur cet article, je pourrois peut-être vous faire voir encore que les inverfions de la langue Italienne font beaucoup plus favorables à la bonne mélodie que l'ordre didactique de la nôtre, & qu'une Phrafe Muficale fe développe d'une maniere plus agréable & plus intéreffante, quand le fens du difcours longtems fufpendu, fe réfout fur le verbe avec la cadence, que quand il fe développe à mefure, & laiffe affoiblir ou fatisfaire ainfi par dégrés le defir de l'efprit, tandis que celui de l'oreille augmente en raifon contraire jufqu'à la fin de la phrafe. Je vous prouverois encore que l'art des fufpenfions & des mots entrecoupés, que l'heureufe conftitution de la langue rend si familier à la Musique Italienne, est entiérement inconnu dans la nôtre , & que nous n'avons d'autres moyens pour y suppléer, que des silences qui ne sont jamais du chant, & qui, dans ces occasions, montrent plutôt la pauvreté de la Musique que les ressources du Musicien.

Il me resteroit à parler de l'accent, mais ce point important demande une si profonde discussion , qu'il vaut mieux la réserver à une meilleure main : Je vais donc passer aux choses plus essentielles à mon objet, & tâcher d'examiner notre Musique en elle-même.

Les Italiens prétendent que notre mélodie est plate & sans aucun chant , & toutes les Nations * neutres confirment

* Il a été un tems, dit Mylord Schaftesbury, où l'usage de parler François avoit mis parmi nous la Musique Françoise à la mode. Mais bien-tôt la Musique Italienne nous montrant la Nature de plus près, nous dégoûta de l'autre , & nous la fit appercevoir aussi lourde, aussi plate, & aussi maussade qu'elle l'est en effet.

unanimement leur jugement fur ce point ;
de notre côté nous accufons la leur d'être
bizarre & barroque. J'aime mieux croire
que les uns ou les autres fe trompent, que
d'être réduit à dire que dans des contrées
où les Sciences & tous les Arts font par-
venus à un fi haut dégré, la Mufique feule
eft encore à naître.

Les moins prévenus d'entre nous * fe
contentent de dire que la Mufique Italienne & la Françoife font toutes deux
bonnes, chacune dans fon genre, chacune pour la langue qui lui eft propre ;
mais outre que les autres Nations ne conviennent pas de cette parité, il refteroit
toujours à fçavoir laquelle des deux langues peut comporter le meilleur genre de
Mufique en foi : Queftion fort agitée en
France, mais qui ne le fera jamais ail-

---

* Plufieurs condamnent l'exclufion totale que les Amateurs de Mufique donnent fans balancer à la Mufique Françoife ; ces modérés conciliateurs ne voudroient pas de goûts
exclufifs, comme fi l'amour des bonnes chofes devoit faire
goûter les mauvaifes.

leurs ; queſtion qui ne peut être décidée que par une oreille parfaitement neutre, & qui par conſéquent devient tous les jours plus difficile à réſoudre dans le ſeul pays où elle ſoit en problême. Voici ſur ce ſujet quelques expériences que chacun eſt maître de vérifier, & qui me paroiſſent pouvoir ſervir à cette ſolution, du moins quant à la mélodie, à laquelle ſeule ſe réduit preſque toute la diſpute.

J'ai pris dans les deux Muſiques des airs également eſtimés chacun dans ſon genre, & les dépouillant les uns de leurs ports de voix & de leurs cadences éternelles, les autres des notes ſous-entendues que le Compóſiteur ne ſe donne point la peine d'écrire, & dont il ſe remet à l'intelligence du Chanteur, * je les

* C'eſt donner toute la faveur à la Muſique Françoiſe, que de s'y prendre ainſi : car ces notes ſous-entendues dans l'Italienne, ne ſont pas moins de l'eſſence de la mélodie que celles qui ſont ſur le papier. Il s'agit moins de ce qui eſt écrit que de ce qui doit ſe chanter, & cette maniere de noter doit ſeulement paſſer pour une ſorte d'abréviation, au lieu que les cadences & les ports de voix du chant François

ai folfiés exactement fur la note, fans aucun ornement, & fans rien fournir de moi-
même au fens ni à la liaifon de la phrafe.
Je ne vous dirai point quel a été dans mon
efprit le réfultat de cette comparaifon,
parce que j'ai le droit de vous propofer
mes raifons & non pas mon autorité : Je
vous rends compte feulement des moyens
que j'ai pris pour me déterminer, afin que
fi vous les trouvez bons vous puiffiez les
employer à votre tour. Je dois vous aver-
tir feulement, que cette expérience demande bien plus de précautions qu'il ne
femble. La premiere & la plus difficile de
toutes eft d'être de bonne foi, & de fe rendre également équitable dans le choix &
dans le jugement. La feconde eft que
pour tenter cet examen il faut néceffairement être également verfé dans les deux

font bien, fi l'on veut, exigés par le goût, mais ne confti-
tuent point la mélodie & ne font pas de fon effence ; c'eft
pour elle une forte de fard qui couvre fa laideur fans la détruire, & qui ne la rend que plus ridicule aux oreilles fen-
fibles.

ftiles ; autrement celui qui feroit le plus familier fe préfenteroit à chaque inftant à l'efprit au préjudice de l'autre ; & cette deuxiéme condition n'eft gueres plus facile que la premiere, car de tous ceux qui connoiffent bien l'une & l'autre Mufique, nul ne balance fur le choix, & l'on a pu voir par les plaifans barbouillages de ceux qui fe font mêlés d'attaquer l'Italienne, quelle connoiffance ils avoient d'elle & de l'Art en général.

Je dois ajoûter qu'il eft effentiel d'aller bien exactement en mefure ; mais je prévois que cet avertiffement, qui feroit fuperflu dans tout autre pays, fera fort inutile dans celui-ci, & cette feule omiffion entraîne néceffairement l'incompétence du jugement.

Avec toutes ces précautions, le caractére de chaque genre ne tarde pas à fe déclarer, & alors il eft bien difficile de ne pas revêtir les phrafes des idées qui leur conviennent, & de n'y pas ajoûter, du moins par l'esprit, les tours & les ornemens qu'on a la force de leur refuser par le chant. Il ne faut pas non plus s'en tenir à une seule épreuve, car un air peut plaire plus qu'un autre, sans que cela décide de la préférence du genre; & ce n'est qu'après un grand nombre d'essais qu'on peut établir un jugement raisonnable : d'ailleurs, en s'ôtant la connoissance des paroles, on s'ôte celle de la partie la plus importante de la mélodie, qui est l'expression; & tout ce qu'on peut décider par cette voie, c'est si la modulation est bonne & si le chant a du naturel & de la beauté. Tout cela nous montre combien il est difficile de prendre assez de précautions contre les préjugés, & combien le raisonnement nous est nécessaire pour nous mettre en état de juger sainement des choses de goût.

J'ai fait une autre épreuve qui demande moins de précautions, & qui vous paroîtra peut-être plus décisive. J'ai donné à chanter à des Italiens les plus beaux airs de Lulli, & à des Muſiciens François des airs de Leo & du Pergoleſe, & j'ai remarqué que quoique ceux-ci fuſſent fort éloignés de ſaiſir le vrai goût de ces morceaux, ils en ſentoient pourtant la mélodie, & en tiroient à leur maniere des phraſes de Muſique chantantes, agréables & bien cadencées. Mais les Italiens ſolfiant très-exactement nos airs les plus pathétiques, n'ont jamais pu y reconnoître ni phraſes ni chant ; ce n'étoit pas pour eux de la Muſique qui eût du ſens, mais ſeulement des ſuites de notes placées ſans choix & comme au hazard ; ils les chantoient préciſément, comme vous liriez des mots Arabes écrits en caractéres François.*

Troiſiéme expérience. J'ai vu à Ve-

* Nos Muſiciens prétendent tirer un grand avantage de cette différence : *Nous exécutons la Muſique Italienne*, diſent-ils avec leur fierté accoutumée, *& les Italiens ne peuvent exécuter la nôtre ; donc notre Muſique vaut mieux que la leur.* Ils ne voient pas qu'ils devroient tirer une conſéquence toute contraire & dire, *donc les Italiens ont une mélodie & nous n'en avons point.*

nife un Armenien, homme d'efprit qui n'avoit jamais entendu de Mufique, & devant lequel on exécuta dans un même concert un monologue François qui commence par ce vers :

Temple facré, féjour tranquille

Et un air de Galuppi qui commence par celui-ci :

Voi che languite fenza fperanza.

l'un & l'autre furent chantés, médiocrement pour le François, & mal pour l'Italien, par un homme accoutumé feulement à la Mufique Françoife, & alors très-anthoufiafte de celle de M. Rameau. Je remarquai dans l'Armenien durant tout le chant François, plus de furprife que de plaifir ; mais tout le monde obferva dès les premieres mefures de l'air Italien, que fon vifage & fes yeux s'adouciffoient ; il étoit enchanté, il prêtoit fon ame aux impreffions de la Mufique, & quoiqu'il entendît peu la langue, les fimples fons lui caufoient un raviffement fenfible. Dès ce moment on ne put plus lui faire écouter aucun air François.

Mais fans chercher ailleurs des exemples, n'avons-nous pas même parmi nous plufieurs perfonnes qui ne connoiffant que notre Opera croyoient de bonne foi n'avoir aucun goût pour le chant, & n'ont été défabufés que par les intermédes Italiens. C'eft précifément parce qu'ils n'aimoient que la véritable Mufique, qu'ils croyoient ne pas aimer la Mufique.

J'avoue que tant de faits m'ont rendu douteufe l'exiftence de notre mélodie, & m'ont fait foupçonner qu'elle pourroit bien n'être qu'une forte de plein-chant modulé, qui n'a rien d'agréable en lui-même, qui ne plaît qu'à l'aide de quelques ornemens arbitraires, & feulement à ceux qui font convenus de les trouver beaux. Auffi à peine notre Mufique eft-elle fupportable à nos propres oreilles, lorfqu'elle eft exécutée par des voix médiocres qui

manquent d'art pour la faire valoir. Il faut
des Fel & des Jeliotte pour chanter la Mufique Françoife, mais toute voix eft bonne pour l'Italienne, parce que les beautés
du chant Italien font dans la Mufique même, au lieu que celles du chant François,
s'il en a, ne font que dans l'art du Chanteur. *

Trois chofes me paroiffent concourir à
la perfection de la mélodie Italienne : La
premiere eft la douceur de la langue, qui
rendant toutes les inflexions faciles, laiffe
au goût du Muficien la liberté d'en faire

* Au refte, c'eft une erreur de croire qu'en général les
Chanteurs Italiens ayent moins de voix que les François. Il
faut au contraire qu'ils ayent le timbre plus fort & plus har-
monieux pour pouvoir fe faire entendre fur les théatres im-
menfes de l'Italie, fans ceffer de ménager les fons, comme
le veut la Mufique Italienne. Le chant François exige tout
l'effort des poumons, toute l'étendue de la voix ; plus fort,
nous difent nos Maîtres, enflez les fons, ouvrez la bouche,
donnez toute votre voix. Plus doux, difent les Maîtres Italiens, ne forcez point, chantez fans gêne, rendez vos fons
doux, flexibles & coulans, refervez les éclats pour ces mo-
mens rares & paffagers où il faut furprendre & déchirer. Or
il me paroît que dans la néceffité de fe faire entendre, celui-
là doit avoir plus de voix, qui peut fe paffer de crier.

un choix plus exquis, de varier davantage les combinaisons, & de donner à
chaque Acteur un tour de chant particulier, de même que chaque homme à son
geste & son ton qui lui font propres, &
qui le distinguent d'un autre homme.

La deuxiéme est la hardiesse des modulations, qui quoique moins servilement
préparées que les nôtres, se rendent plus
agréables, en se rendant plus sensibles, &
sans donner de la dureté au chant, ajoûtent
une vive énergie à l'expression. C'est par
elle que le Musicien, passant brusque-
ment d'un ton ou d'un mode à un autre,
& supprimant quand il le faut les transi-
tions intermédiaires & scolastiques, fait
exprimer les réticences, les interruptions,
les discours entre-coupés qui font le langage des passions impétueuses, que le
bouillant Metastase a employé si souvent,
que les Porpora, les Galuppi, les Coc-
chi, les Perez, les Terradeglias ont sçu
rendre avec succès, & que nos Poëtes ly-

riques connoiſſent auſſi peu que nos Muſiciens.

Le troiſiéme avantage & celui qui prête à la mélodie ſon plus grand effet ,
eſt l'extrême préciſion de meſure qui s'y
fait ſentir dans les mouvemens les plus
lents , ainſi que dans les plus gais : préciſion qui rend le chant animé & intéreſ-
ſant , les accompagnemens vifs & caden-
cés , qui multiplie réellement les chants ,
en faiſant d'une même combinaiſon de
ſons , autant de différentes mélodies qu'il
y a de maniere de les ſcander ; qui porte au
cœur tous les ſentimens , & à l'eſprit tous
les tableaux ; qui donne au Muſicien le
moyen de mettre en air tous les caractéres
de paroles imaginables , pluſieurs dont
nous n'avons pas même l'idée * & qui

* Pour ne pas ſortir du genre comique , le ſeul connu à
Paris, voyez les airs , *Quando ſciolto avrò il contratto* , &c.
Io ò un veſpajo , &c. *O queſto o quello t'ai a riſolveré* ,
&c. *A un guſto da ſtordire* , &c. *Stizzoſo mio , ſtizzoſo* ,
&c. *Io ſono una Donzella* , &c. *Quanti maeſtri , quanti
dottori* , &c. *I Sbirri già lo aſpettano* , &c. *Ma dunque il*

rend

rend tous les mouvemens propres à exprimer tous les caractéres * ou un seul mouvement propre à contraster & changer de caractére au gré du Compositeur.

Voilà, ce me semble, les sources d'où le chant Italien tire ses charmes & son énergie ; à quoi l'on peut ajoûter une nouvelle & très-forte preuve de l'avantage de sa mélodie, en ce qu'elle n'exige pas autant que la nôtre de ces fréquens renversemens d'harmonie , qui donnent à la Basse - continue le véritable chant d'un dessus. Ceux qui trouvent de si grandes beautés dans la mélodie Françoise, devroient bien nous dire à laquelle de ces

testamento , &c. Senti me , se brami stare , &c. tous caractéres d'Airs dont la Musique Françoise n'a pas les premiers élemens, & dont elle n'est pas en état d'exprimer un seul mot.

* Je me contenterai d'en citer un seul exemple, mais très-frappant ; c'est l'air *Se pur d'un infelice*, &c. de la Fausse Suivante ; Air très-pathétique sur un mouvement très-gai, auquel il n'a manqué qu'une voix pour le chanter, un Orchestre pour l'accompagner, des oreilles pour l'entendre, & la seconde partie qu'il ne falloit pas supprimer.

C

chofes elle en eſt redevable , ou nous montrer les avantages qu'elle a pour y fuppléer.

Quand on commence à connoître la mélodie Italienne , on ne lui trouve d'abord que des graces , & on ne la croit propre qu'à exprimer des fentimens agréables ; mais pour peu qu'on étudie fon caractére pathétique & tragique , on eſt bientôt furpris de la force que lui prête l'art des Compofiteurs dans les grands morceaux de Mufique. C'eſt à l'aide de ces modulations fçavantes , de cette harmonie fimple & pure , de ces accompagnemens vifs & brillans , que ces chants divins déchirent ou raviffent l'ame , mettent le Spectateur hors de lui-même , & lui arrachent, dans fes tranfports , des cris , dont jamais nos tranquilles Opera ne furent honorés.

Comment le Muficien vient-il à bout de produire ces grands effets ? Eſt-ce à force de contraſter les mouvemens , de multiplier les accords , les notes , les parties ? Eſt-ce à force d'entaſſer deſſeins ſur deſſeins, inſtrumens ſur inſtrumens ? Tout ce fracas, qui n'eſt qu'un mauvais ſupplé-ment où le génie manque, étoufferoit le chant loin de l'animer, & détruiroit l'in-térêt en partageant l'attention. Quelque harmonie que puiſſent faire enſemble plu-ſieurs parties toutes bien chantantes, l'ef-fet de ces beaux chants s'évanouit auſſi-tôt qu'ils ſe font entendre à la fois, & il ne reſte que celui d'une ſuite d'accord, qui, quoiqu'on puiſſe dire, eſt toujours froide quand la mélodie ne l'anime pas ; deſorte que plus on entaſſe des chants mal à propos, & moins la Muſique eſt agréa-ble & chantante, parce qu'il eſt impoſſi-ble à l'oreille de ſe prêter au même inſtant à pluſieurs mélodies, & que l'une effaçant l'impreſſion de l'autre, il ne réſulte du tout que de la confuſion & du bruit. Pour qu'une Muſique devienne intéreſſante, pour qu'elle porte à l'ame les ſentimens qu'on y veut exciter, il faut que toutes les parties concourent à fortifier l'expreſſion du ſujet ; que l'harmonie ne ſerve qu'à le rendre plus énergique ; que l'accompagnement l'embeliſſe, ſans le couvrir ni le déſigurer ; que la Baſſe, par une marche uniforme & ſimple, guide en quelque ſorte celui qui chante & celui qui écoute, ſans que ni l'un ni l'autre s'en apperçoive ; il faut, en un mot, que le tout enſemble ne porte à la fois qu'une mélodie à l'oreille & qu'une idée à l'eſprit.

Cette unité de mélodie me paroît une regle indiſpenſable & non moins importante en Muſique, que l'unité d'action dans une Tragédie ; car elle eſt fondée ſur le même principe, & dirigée vers le même objet. Auſſi tous les bons Compoſiteurs Italiens s'y conforment-ils avec un ſoin qui dégénere quelquefois en affectation, & pour peu qu'on y réfléchiſſe, on ſent bien-tôt que c'eſt d'elle que leur Muſique tire ſon principal effet. C'eſt dans cette grande regle qu'il faut chercher la cauſe des fréquens accompagnemens à l'uniſſon qu'on remarque dans la Muſique Italienne, & qui, fortifiant l'idée du chant, en rendent en même-tems les ſons plus moëlleux, plus doux & moins fatiguans pour la voix. Ces uniſſons ne ſont point praticables dans notre Muſique, ſi ce n'eſt ſur quelques caractéres d'airs choiſis & tournés exprès pour cela ; jamais un air pathétique François ne ſeroit ſupportable accompagné de cette maniere, parce que la Muſique vocale & l'inſtrumentale ayant parmi nous des caractéres différens, on ne peut, ſans pécher contre la mélodie & le goût, appliquer à l'une les mêmes tours qui conviennent à l'autre, ſans compter que la meſure étant toujours vague & indéterminée, ſur-tout dans les airs lents, les inſtrumens & la voix ne pourroient jamais s'accorder, & ne marcheroient point aſſez de concert pour produire enſemble un effet agréable. Une beauté qui réſulte encore de ces uniſſons, c’eſt de donner une expreſſion plus ſenſible à la mélodie, tantôt en renforçant tout d’un coup les inſtrumens ſur un paſſage, tantôt en les radouciſſant, tantôt en leur donnant un trait de chant énergique & ſaillant que la voix n’auroit pu faire, & que l’Auditeur adroitement trompé ne laiſſe pas de lui attribuer quand l’orcheſtre ſçait le faire ſortir à propos. De-là naît encore cette parfaite correſpondance de la ſymphonie & du chant, qui fait que tous les traits qu’on admire dans l’une, ne ſont que des développemens de l’autre, deſorte que c’eſt toujours dans la partie vocale qu’il faut chercher la ſource de toutes les beautés de l’accompagnement. Cet accompagnement eſt ſi bien un avec le chant, & ſi exactement rélatif aux paroles, qu’il ſemble ſouvent déterminer le jeu & dicter à l’Acteur le geſte qu’il doit faire * & tel qui n’auroit pu jouer le rolle

* On en trouve des exemples fréquens dans les Interm é-des qui nous ont été donnés cette année, entre autres dans l’air *a un guſto da ſtordire* du Maître de Muſique, dans celui

fur les paroles feules, le jouera très-jufte fur la Mufique, parce qu'elle fait bien fa fonction d'interprête.

Au refte, il s'en faut beaucoup que les accompagnemens Italiens foient toujours à l'uniffon de la voix. Il y a deux cas affez fréquens où le Muficien les en fépare : L'un, quand la voix roulant avec légereté fur des cordes d'harmonie, fixe affez l'attention pour que l'accompagnement ne puiffe la partager, encore alors donne-t-on tant de fimplicité à cet accompagnement, que l'oreille affectée feulement d'accords agréables, n'y fent aucun chant qui puiffe la diftraire. L'autre cas demande un peu plus de foin pour le faire entendre.

Quand le Muficien fçaura fon art, dit l'Auteur de la Lettre fur les Sourds & les Muets, *les parties d'accompagnement concourreront ou à fortifier l'expreffion de la*

fon **Padrone** de la femme orgueilleufe, dans celui *vi fto ben* du Tracollo, dans celui *tu non penfi no fignora* de la Bohemienne, & dans prefque tous ceux qui demandent du jeu.

partie chantante , ou à ajoûter de nouvelles idées que le sujet demandoit , & que la partie chantante n'aura pu rendre. Ce passage me paroît renfermer un précepte très-utile , & voici comment je pense qu'on doit l'entendre.

Si le chant est de nature à exiger quelques additions , ou comme disoient nos anciens Musiciens, quelques *diminutions* * qui ajoutent à l'expression ou à l'agrément sans détruire en cela l'unité de mélodie , desorte que l'oreille , qui blâmeroit peut-être ces additions faites par la voix , les approuve dans l'accompagnement & s'en laisse doucement affecter , sans cesser pour cela d'être attentive au chant ; alors l'habile Musicien , en les ménageant à propos & les employant avec goût , embellira son sujet & le rendra plus expressif sans le rendre moins un ; & quoique l'accompagnement n'y soit pas exactement semblable

* On trouvera le mot *diminution* dans le quatriéme volume de l'Encyclopedie.

à la partie chantante, l'un & l'autre ne feront pourtant qu'un chant & qu'une mélodie. Que si le sens des paroles comporte une idée accessoire que le chant n'aura pas pu rendre, le Musicien l'enchassera dans des silences ou dans des tenues, de maniere qu'il puisse la présenter à l'Auditeur, sans le détourner de celle du chant. L'avantage seroit encore plus grand, si cette idée accessoire pouvoit être rendue par un accompagnement contraint & continu, qui fît plutôt un leger murmure qu'un véritable chant, comme seroit le bruit d'une riviere ou le gazouillement des oiseaux : car alors le Compositeur pourroit séparer tout à fait le chant de l'accompagnement, & destinant uniquement ce dernier à rendre l'idée accessoire, il disposera son chant de maniere à donner des jours fréquens à l'orchestre, en observant avec soin que la symphonie soit toujours dominée par la partie chantante, ce qui dépend encore plus de l'art du Com-

positeur, que de l'exécution des Instru-
mens : mais ceci demande une expérience
consommée pour éviter la duplicité de
mélodie.

Voilà tout ce que la régle de l'unité
peut accorder au goût du Musicien, pour
parer le chant ou le rendre plus expressif,
soit en embellissant le sujet principal, soit
en y en ajoutant un autre qui lui reste
assujetti. Mais de faire chanter à part
des Violons d'un côté, de l'autre des
Flutes, de l'autre des Bassons, chacun
sur un dessein particulier, & presque
sans rapport entre eux, & d'appeller tout
ce cahos, de la Musique, c'est insulter
également l'oreille & le jugement des
Auditeurs.

Une autre chose, qui n'est pas moins
contraire que la multiplication des parties, à la régle que je viens d'établir,
c'est l'abus ou plutôt l'usage des fugues,
imitations, doubles desseins, & autres
beautés arbitraires & de pure conven-

tion, qui n'ont presque de mérite que la difficulté vaincue, & qui toutes ont été inventées dans la naiſſance de l'Art pour faire briller le ſavoir, en attendant qu'il fût queſtion du génie. Je ne dis pas qu'il ſoit tout-à-fait impoſſible de conſerver l'unité de mélodie dans une fugue, en conduiſant habilement l'attention de l'au-diteur d'une partie à l'autre, à meſure que le ſujet y paſſe ; mais ce travail eſt ſi pénible, que preſque perſonne n'y réuſſit, & ſi ingrat, qu'à peine le ſuccès peut-il dédomager de la fatigue d'un tel ouvrage. Tout cela n'aboutiſſant qu'à faire du bruit, ainſi que la plupart de nos chœurs ſi ad-mirés *, eſt également indigne d'occu-

* Les Italiens 'ne ſont pas eux-mêmes tout-à-fait re-venus de ce préjugé barbare. Ils ſe piquent encore d'avoir dans leurs Egliſes de la Muſique bruyante ; ils ont ſouvent des Meſſes & des Motets à quatre Chœurs, chacun ſur un deſſein différent ; mais les grands Maîtres ne font que rire de tout ce fatras. Je me ſouviens que Terradeglias me parlant de pluſieurs Motets de ſa compoſition où il avoit mis des Chœurs travaillés avec un grand ſoin, étoit honteux d'en avoir fait de ſi beaux, & s'en excuſoit ſur ſa jeuneſſe ; autre fois, diſoit-il, j'aimois à faire du bruit ; à préſent je tâche de faire de la Muſique.

per la plume d'un homme de génie, &
l'attention d'un homme de goût. A l'é-
gard des contre-fugues, doubles fugues,
fugues renverſées, baſſes contraintes,
& autres ſottiſes difficiles que l'oreille ne
peut ſouffrir, & que la raiſon ne peut
juſtifier, ce ſont évidemment des reſtes
de barbarie & de mauvais goût, qui ne
ſubſiſtent, comme les portails de nos
Egliſes gothiques, que pour la honte de
ceux qui ont eu la patience de les faire.

Il a été un tems où l'Italie étoit barbare, & même après la renaiſſance des
autres Arts que l'Europe lui doit tous,
la Muſique plus tardive n'y a point pris
aiſément cette pureté de goût qu'on y
voit briller aujourd'hui, & l'on ne peut
guéres donner une plus mauvaiſe idée
de ce qu'elle étoit alors qu'en remarquant
qu'il n'y a eu pendant long-tems qu'une
même Muſique en France & en Italie *,

---

* L'Abbé Du Bos ſe tourmente beaucoup pour faire honneur aux Païs-Bas du renouvellement de la Muſique, &
cela pourroit s'admettre, ſi l'on donnoit le nom de Muſi-

& que les Muſiciens des deux contrées communiquoient familiérement entr’eux, non pourtant ſans qu’on put remarquer déja dans les nôtres le germe de cette jalouſie, qui eſt inſéparable de l’infériorité. Lully même, allarmé de l’arrivée de Correlli, ſe hâta de le faire chaſſer de France : ce qui lui fut d’autant plus aiſé que Correlli étoit plus grand homme, & par conſé-quent moins courtiſan. Dans ces tems où la Muſique naiſſoit à peine, elle avoit en Italie cette ridicule emphaſe de ſcien-ce harmonique, ces pédanteſques pré-tentions de doctrine qu’elle a chérement conſervée parmi nous, & par leſquelles on diſtingue aujourd’hui cette Muſique

que à un continuel rempliſſage d’accords ; mais ſi l’har-monie n’eſt que la baſe commune & que la mélodie ſeule conſtitue le caractére, non ſeulement la Muſique mo-derne eſt née en Italie, mais il y a quelque apparence que dans toutes nos Langues vivantes, la Muſique Italienne eſt la ſeule qui puiſſe réellement exiſter. Du tems d’Or-lande & de Goudimel, on faiſoit de l’harmonie & des ſons, Lully y a joint un peu de cadence ; Corelli, Buo-noncini, Vinci & Pergoleſe, ſont les premiers qui ayent fait de la Muſique.

méthodique, compassée, mais sans gé-
nié, sans invention & sans goût, qu'on
appelle à Paris, *Musique écrite* par excellence, & qui, tout au plus, n'est bonne, en effet, qu'à écrire, & jamais à exécuter.

Depuis même que les Italiens ont rendu l'harmonie plus pure, plus simple, &
donné tous leurs soins à la perfection de
la mélodie, je ne nie pas qu'il ne soit encore demeuré parmi eux quelques légéres
traces des fugues & desseins gothiques,
& quelques fois de doubles & triples
mélodies. C'est de quoi je pourrois citer
plusieurs exemples dans les Intermédes
qui nous sont connus, & entre autre le
mauvais quatuor qui est à la fin de *la
Femme orgueilleuse*. Mais outre que ces
choses sortent du caractére établi, outre
qu'on ne trouve jamais rien de semblable
dans les Tragédies, & qu'il n'est pas plus
juste de juger l'Opera Italien sur ces far-
ces, que de juger notre Théatre Fran-

çois fur l'*Impromptu de Campagne*, ou *le Baron de la Craſſe* : il faut auſſi rendre juſtice à l'art avec lequel les Compoſiteurs ont ſouvent évité dans ces Intermédes les piéges qui leur étoient tendus par les Poëtes, & ont fait tourner au profit de la régle des ſituations qui ſembloient les forcer à l'enfreindre.

De toutes les parties de la Muſique, la plus difficile à traiter ſans ſortir de l'unité de mélodie, eſt le Duo, & cet article mérite de nous arrêter un moment. L'Auteur de la Lettre ſur Omphale a déja remarqué que les Duo ſont hors de la Nature ; car rien n'eſt moins naturel que de voir deux perſonnes ſe parler à la fois durant un certain tems, ſoit pour dire la même choſe, ſoit pour ſe contredire, ſans jamais s'écouter ni ſe répondre : Et quand cette ſuppoſition pourroit s'admettre en certains cas, il eſt bien certain que ce ne feroit jamais dans la Tragédie, où cette indécence n'eſt convenable ni à la dignité des perſonnages qu'on y fait parler, ni à l'éducation qu'on leur ſuppoſe. Or le meilleur moyen de ſauver cette abſur-dité, c'eſt de traiter le plus qu'il eſt poſ-ſible le Duo en Dialogue, & ce premier ſoin regarde le Poëte; ce qui regarde le Muſicien, c'eſt de trouver un chant con-venable au ſujet, & diſtribué de telle ſorte, que chacun des Interlocuteurs parlant alternativement, toute la ſuite du Dialogue ne forme qu'une mélodie, qui ſans changer de ſujet, ou du moins ſans altérer le mouvement, paſſe dans ſon progrès d'une partie à l'autre, ſans ceſſer d'être une, & ſans enjamber. Quand on joint enſemble les deux parties ce qui doit ſe faire rarement & durer peu; il faut trouver un chant ſuſceptible d'une marche par tierces, ou par ſixtes, dans lequel la ſeconde partie faſſe ſon effet ſans diſtraire l'oreille de la premiere. Il faut garder la dureté des diſſonances, les ſons perçans & renforcés, le fortiſſimo de l'Orcheſtre l'Orcheſtre pour des inſtans de déſordre & de tranſport, où les Acteurs ſemblant s'oublier eux-mêmes, portent leur égarement dans l'ame de tout Spectateur ſenſible, & lui font éprouver le pouvoir de l'harmonie ſobrement ménagée. Mais ces inſtans doivent être rares & amenés avec art. Il faut par une Muſique douce & affectueuſe avoir déja diſpoſé l'oreille & le cœur à l'émotion, pour que l'un & l'autre ſe prêtent à ces ébranlemens violens, & il faut qu'ils paſſent avec la rapidité qui convient à notre foibleſſe; car quand l'agitation eſt trop forte, elle ne ſauroit durer, & tout ce qui eſt au-delà de la Nature ne touche plus.

En diſant ce que les Duo doivent être, j'ai dit préciſement ce qu'ils ſont dans les Opéra Italiens. Si quelqu'un a pû entendre ſur un Théatre d'Italie un Duo tragique chanté par deux bons Acteurs, & accompagné par un véritable Orcheſtre, ſans en être attendri; s'il a pu d'un œil

sec affister aux Adieux de Mandane &
d'Arbace, je le tiens digne de pleurer à
ceux de Lybie & d'Epaphus.

Mais sans insister sur les Duo tragiques,
genre de Musique dont on n'a pas même
l'idée à Paris, je puis vous citer un Duo
comique qui y est connu de tout le monde, & je le citerai hardiment comme un
modéle de chant, d'unité de mélodie,
de dialogue & de goût, auquel, selon
moi, rien ne manquera, quand il sera bien
executé, que des Auditeurs qui sachent
l'entendre : c'est celui du premier acte de
la Serva Padrona, *Lo conosco a quegl' oc-
chietti*, &c. J'avoue que peu de Musiciens François sont en état d'en sentir les
beautés, & je dirois volontiers du Per-
golese, comme Ciceron disoit d'Homére,
que c'est déja avoir fait beaucoup de progrès dans l'Art, que de se plaire à sa lecture.

J'espére, Monsieur, que vous me par-
donnerez la longueur de cet article, en
faveur de sa nouveauté, & de l'impor-

tance de son objet. J'ai cru devoir m'étendre un peu sur une régle aussi essentielle que celle de l'unité de mélodie ; régle dont aucun Théoricien, que je sache, n'a parlé jusqu'à ce jour ; que les Compositeurs Italiens ont seuls sentie & pratiquée, sans se douter, peut-être, de son existence ; & de laquelle dépendent la douceur du chant, la force de l'expression, & presque tout le charme de la bonne Musique. Avant que de quitter ce sujet, il me reste à vous montrer qu'il en resulte de nouveaux avantages pour l'harmonie même, aux dépens de laquelle je semblois accorder tout l'avantage à la mélodie ; & que l'expression du chant donne lieu à celle des accords en forçant le Compositeur à les ménager.

Vous ressouvenez-vous, Monsieur, d'avoir entendu quelquefois dans les Intermédes qu'on nous a donnés cette année le fils de l'Entrepreneur Italien, jeune enfant de dix ans au plus, accompagner

quelques fois à l'Opéra. Nous fumes frap-
pés dès le premier jour, de l'effet que pro-
duifoit fous fes petits doigts, l'accompagnement du Clavecin ; & tout le fpec-
tacle s'apperçut à fon jeu précis & bril-
lant que ce n'étoit pas l'Accompagnateur
ordinaire. Je cherchai auffi-tôt les raifons de cette différence, car je ne doutois
pas que le fieur Noblet ne fût bon har-
monifte & n'accompagnât très-exactement : mais quelle fut ma furprife en ob-
fervant les mains du petit bon homme,
de voir qu'il ne rempliffoit prefque jamais
les accords, qu'il fupprimoit beaucoup de
fons , & n'employoit très-fouvent que
deux doigts, dont l'un fonnoit prefque
toujours l'octave de la Baffe! Quoi! difois-je en moi-même , l'harmonie com-
plette fait moins d'effet que l'harmonie
mutilée , & nos Accompagnateurs en
rendant tous les accords pleins , ne font
qu'un bruit confus, tandis que celui-ci
avec moins de fons fait plus d'harmonie,

ou du moins, rend son accompagnement plus sensible & plus agréable ! Ceci fut pour moi un problême inquiétant, & j'en compris encore mieux toute l'importance, quand après d'autres observations je vis que les Italiens accompagnoient tous de la même maniere que le petit Bambin, & que, par conséquent, cette épargne dans leur accompagnement devoit tenir au même principe que celle qu'ils affectent dans leurs partitions.

Je comprenois bien que la Basse étant le fondement de toute l'harmonie, doit toujours dominer sur le reste, & que quand les autres parties l'étouffent ou la couvrent, il en résulte une confusion qui peut rendre l'harmonie plus sourde ; & je m'expliquois ainsi pourquoi les Italiens, si économes de leur main droite dans l'accompagnement, redoublent ordinairement à la gauche l'octave de la Basse ; pourquoi ils mettent tant de Contrebasses dans leurs orchestres ; & pour-

quoi ils font fi fouvent marcher leurs
quintes * avec la Baffe, au lieu de leur
donner une autre partie, comme les François ne manquent jamais de faire. Mais
ceci, qui pouvoit rendre raifon de la net-
teté des accords, n'en rendoit pas de leur
énergie, & je vis bien-tôt qu'il devoit y
avoir quelque principe plus caché & plus
fin de l'expreffion que je remarquois dans
la fimplicité de l'harmonie Italienne, tandis que je trouvois la nôtre fi compofée,
fi froide & fi languiffante.

Je me fouvins alors d'avoir lû dans
quelque ouvrage de M. Rameau, que chaque confonance a fon caractére particulier, c'eft-à-dire, une maniere d'affecter l'ame qui lui eft propre ; que l'effet de
la tierce n'eft point le même que celui de

---

* On peut remarquer à l'orcheftre de notre Opera, que
dans la Mufique Italienne les quintes ne jouent prefque jamais leur partie quand elle eft à l'octave de la Baffe ; peut-
être ne daigne-t-on pas même la copier en pareil cas. Ceux
qui conduifent l'orcheftre ignoreroient-ils que ce défaut de
liaifon entre la Baffe & le deffus rend l'harmonie trop féche ?

la quinte, ni l'effet de la quarte le même que celui de la fixte. De même les tierces & les fixtes mineures doivent produire des affections différentes de celles que produifent les tierces & les fixtes majeures ; & ces faits une fois accordés, il s'enfuit affez évidemment que les diffonances & tous les intervalles poffibles feront auffi dans le même cas. Expérience que la raifon confirme, puifque toutes les fois que les rapports font différens, l'impreffion ne fçauroit être la même.

Or, me difois-je à moi-même en raifonnant d'après cette fuppofition, je vois clairement que deux confonances ajoutées l'une à l'autre mal à propos, quoique felon les regles des accords, pourront, même en augmentant l'harmonie, affoiblir mutuellement leur effet, le combattre, ou le partager. Si tout l'effet d'une quinte m'eft néceffaire pour l'expreffion dont j'ai befoin, je peux rifquer d'affoiblir cette expreffion par un troifiéme fon, qui divifant

cette quinte en deux autres intervalles ,
en modifiera nécessairement l'effet par celui des deux tierces dans lesquelles je la
résous ; & ces tierces mêmes, quoique le
tout ensemble fasse une fort bonne harmonie, étant de différente espece, peuvent
encore nuire mutuellement à l'impression
l'une de l'autre. De même, si l'impression
simultanée de la quinte & des deux tierces
m'étoit nécessaire, j'affoiblirois & j'alté-
rerois mal à propos cette impression, en
retranchant un des trois sons qui en forment l'accord. Ce raisonnement devient
encore plus sensible, appliqué à la disso-
nance. Supposons que j'aie besoin de toute
la dureté du triton, ou de toute la fadeur
de la fausse quinte ; opposition , pour le
dire en passant, qui prouve combien les
divers renversemens des accords en peuvent changer l'effet ; si dans une telle cir-
constance, au lieu de porter à l'oreille
les deux uniques sons qui forment la dif-
sonance, je m'avise de remplir l'accord

de tous ceux qui lui conviennent, alors j'ajoute au triton la feconde & la fixte, & à la fauffe quinte la fixte & la tierce, c'eft-à-dire, qu'introduifant dans chacun de ces accords une nouvelle diffonance, j'y introduis en même-tems trois confonances, qui doivent néceffairement en tempérer & affoiblir l'effet, en rendant un de ces accords moins fade & l'autre moins dur. C'eft donc un principe certain & fondé dans la nature, que toute Mufique où l'harmonie eft fcrupuleufement remplie, tout accompagnement où tous les accords font complets, doit faire beaucoup de bruit, mais avoir très-peu d'expreffion : ce qui eft précifément le caractére de la Mufique Françoife. Il eft vrai qu'en ménageant les accords & les parties, le choix devient difficile & demande beaucoup d'expérience & de goût pour le faire toujours à propos ; mais s'il y a une regle pour aider au Compofiteur à fe bien conduire en pareille occafion, c'eft certainement celle de l'unité de mélodie que j'ai taché d'établir ; ce qui se rapporte au caractére de la Musique Italienne & rend raison de la douceur du chant jointe à la force d'expression qui y regnent.

Il suit de tout ceci, qu'après avoir bien étudié les regles élémentaires de l'harmonie, le Musicien ne doit point se hâter de la prodiguer inconsidérément, ni se croire en état de composer parce qu'il sçait remplir des accords ; mais qu'il doit, avant que de mettre la main à l'œuvre, s'appliquer à l'étude beaucoup plus longue & plus difficile des impressions diverses que les consonances, les dissonances & tous les accords font sur les oreilles sensibles, & se dire souvent à lui-même, que le grand art du Compositeur ne consiste pas moins à sçavoir discerner dans l'occasion les sons qu'on doit supprimer, que ceux dont il faut faire usage. C'est en étudiant & feuilletant sans cesse les chefs-d'œuvres de l'Italie qu'il apprendra à faire

ce choix exquis, fi la nature lui a donné
aſſez de génie & de goût pour en fentir
la néceſſité ; car les difficultés de l'art ne
ſe laiſſent appercevoir qu'à ceux qui font
faits pour les vaincre, & ceux-là ne s'avi-
feront pas de compter avec mépris les
portées vuides d'une partition, mais voyant
la facilité qu'un Ecolier auroit eue à les
remplir, ils foupçonneront & cherche-
ront les raifons de cette fimplicité trom-
peufe, d'autant plus admirable, qu'elle
cache des prodiges fous une feinte né-
gligence, & que *l'arte che tutto fà, nulla
fi fcuopre.*

Voilà, à ce qu'il me femble, la caufe
des effets furprenans que produit l'harmonie de la Mufique Italienne, quoique
beaucoup moins chargée que la nôtre,
qui en produit fi peu. Ce qui ne fignifie
pas qu'il ne faille jamais remplir l'harmonie, mais qu'il ne faut la remplir qu'avec
choix & difcernement ; ce n'eft pas non
plus à dire que pour ce choix le Mufi-

cien foit obligé de faire tous ces raifon-
nemens, mais qu'il en doit fentir le réfultat. C'eft à lui d'avoir du génie & du goût
pour trouver les chofes d'effet ; c'eft au
Théoricien à en chercher les caufes & à
dire pourquoi ce font des chofes d'effet.

Si vous jettez les yeux fur nos compo-
fitions modernes, furtout fi vous les écou-
tez, vous reconnoîtrez bien-tôt que nos
Muficiens ont fi mal compris tout ceci,
que, s'efforçant d'arriver au même but,
ils ont directement fuivi la route oppofée ;
& s'il m'eft permis de vous dire naturel-
lement ma penfée, je trouve que plus
notre Mufique fe perfectionne en apparence, & plus elle fe gâte en effet. Il
étoit peut-être néceffaire qu'elle vînt au
point où elle eft, pour accoutumer infen-
fiblement nos oreilles à rejetter les préjugés de l'habitude, & à goûter d'autres
airs que ceux dont nos Nourrices nous
ont endormis ; mais je prévois que
pour la porter au très-médiocre dégré de

bonté dont elle eſt ſuſceptible, il faudra tôt ou tard commencer par redeſcendre ou remonter au point où Lully l'avoit miſe. Convenons que l'harmonie de ce célebre Muſicien eſt plus pure & moins renverſée, que ſes Baſſes ſont plus naturelles & marchent plus rondement, que ſon chant eſt mieux ſuivi, que ſes accompagnemens moins chargés naiſſent mieux du ſujet & en ſortent moins, que ſon récitatif eſt beaucoup moins maniéré, & par conſéquent beaucoup meilleur que le nôtre; ce qui ſe confirme par le goût de l'exécution : car l'ancien récitatif étoit rendu par les Acteurs de ce tems-là tout autrement que nous ne faiſons aujourd'hui ; il étoit plus vif & moins traînant ; on le chantoit moins, & on le déclamoit davantage. * Les cadences, les ports de

---

* Cela ſe prouve par la durée des Opera de Lully, beaucoup plus grande aujourd'hui que de ſon tems, ſelon le rapport unanime de tous ceux qui les ont vûs anciennement. Auſſi toutes les fois qu'on redonne ces Opera eſt-on obligé d'y faire des retranchemens conſidérables.

voix fe font multipliés dans le nôtre ; il eft devenu encore plus languiffant , & l'on n'y trouve prefque plus rien qui le diftingue de ce qu'il nous plaît d'appeller *air*.

Puifqu'il eft queftion d'airs & de récitatifs , vous voulez bien , Monfieur, que je termine cette Lettre par quelques obfervations fur l'un & fur l'autre, qui deviendront peut-être des éclairciffemens utiles à la folution du problême dont il s'agit.

On peut juger de l'idée de nos Muficiens fur la conftitution d'un Opera, par la fingularité de leur nomenclature. Ces grands morceaux de Mufique Italienne qui raviffent ; ces chefs-d'œuvres de génie qui arrachent des larmes, qui offrent les tableaux les plus frappans , qui peignent les fituations les plus vives , & portent dans l'ame toutes les paffions qu'ils expriment, les François les appellent des *ariettes*. Ils donnent le nom d'*airs* à ces infipides chanſonnettes, dont ils entre-mêlent les ſcenes de leurs Opera, & réſervent celui de monologues par excellence à ces traînantes & ennuyeuſes lamentations, à qui il ne manque pour aſſoupir tout le monde, que d'être chantées juſte & ſans cris.

Dans les Opera Italiens tous les airs ſont en ſituation & font partie des ſcenes. Tantôt c'eſt un pere déſeſpéré qui croit voir l'ombre d'un fils qu'il a fait mourir injuſtement, lui reprocher ſa cruauté : tantôt c'eſt un prince débonnaire, qui, forcé de donner un exemple de ſévérité, demande aux Dieux de lui ôter l'empire, ou de lui donner un cœur moins ſenſible. Ici c'eſt une mere tendre qui verſe des larmes en retrouvant ſon fils qu'elle croyoit mort. Là, c'eſt le langage de l'a-mour, non rempli de ce fade & puérile galimatias de flammes & de chaînes, mais tragique, vif, bouillant, entrecoupé, & tel qu'il convient aux paſſions impétueufes. C'eſt ſur de telles paroles qu'il ſied bien de déployer toutes les richeſſes d'une Muſique pleine de force & d'expreſſion, & de rencherir ſur l'énergie de la Poëſie par celle de l'harmonie & du chant. Au contraire, les paroles de nos ariettes toujours détachées du ſujet, ne ſont qu'un miſérable jargon emmiellé, qu'on eſt trop heureux de ne pas entendre : c'eſt une collection faite au hazard du très - petit nombre de mots ſonores que notre langue peut fournir, tournés & retournés de toutes les manieres, excepté de celle qui pourroit leur donner du ſens. C'eſt ſur ces impertinens amphigouris que nos Muſiciens épuiſent leur goût & leur ſçavoir, & nos Acteurs leurs geſtes & leurs poumons ; c'eſt à ces morceaux extravagans que nos femmes ſe pâment d'admiration ; & la preuve la plus marquée que la Muſique Françoiſe ne ſçait ni peindre ni parler, c'eſt qu'elle ne peut développer. le peu de beautés dont elle eſt ſuſceptible,

que

que fur des paroles qui ne fignifient rien. Cependant, à entendre les François parler de Mufique, on croiroit que c'eft dans leurs Opéra qu'elle peint de grands tableaux & de grandes paffions, & qu'on ne trouve que des ariettes dans les Opéra Italiens, où le nom même d'ariette & la ridicule chofe qu'il exprime font également inconnus. Il ne faut pas être furpris de la groffiereté de ces préjugés : la Mufique Italienne n'a d'ennemis, même parmi nous, que ceux qui n'y connoiffent rien ; & tous les François qui ont tenté de l'étudier dans le feul deffein de la critiquer en connoiffance de caufe, ont bientôt été fes plus zélés admirateurs.*

Après les ariettes, qui font à Paris le triomphe du goût moderne, viennent les fameux monologues qu'on admire dans

---

* C'eft un préjugé peu favorable à la Mufique Françoife, que ceux qui la méprifent le plus foient précifement ceux qui la connoiffent le mieux ; car elle eft auffi ridicule quand on l'examine, qu'infupportable quand on l'écoute.

E

nos anciens Opéra : Sur quoi l'on doit remarquer que nos plus beaux airs font toujours dans les monologues & jamais dans
les fcenes, parce que nos Acteurs n'ayant
aucun jeu muet, & la Mufique n'indi-
quant aucun gefte & ne peignant aucune
fituation, celui qui garde le filence ne
fçait que faire de fa perfonne pendant que
l'autre chante.

Le caractére traînant de la langue, le
peu de flexibilité de nos voix, & le ton
lamentable qui regne perpétuellement
dans notre Opéra, mettent prefque tous
les monologues François fur un mouvement lent, & comme la mefure ne s'y
fait fentir ni dans le chant, ni dans la
Baffe, ni dans l'accompagnement, rien
n'eft fi traînant, fi lâche, fi languiffant
que ces beaux monologues que tout le
monde admire en bâillant ; ils voudroient
être triftes & ne font qu'ennuyeux ; ils
voudroient toucher le cœur & ne font
qu'affliger les oreilles.

Les Italiens font plus adroits dans leurs Adagio : car lorfque le chant eft fi lent qu'il feroit à craindre qu'il ne laifsât affoiblir l'idée de la mefure, ils font marcher la baffe par notes égales qui marquent le mouvement, & l'accompagnement le marque auffi par des fubdivifions de notes, qui foutenant la voix & l'oreille en mefure, ne rendent le chant que plus agréable & fur-tout plus énergique par cette précifion. Mais la nature du chant François interdit cette reffource à nos Compofiteurs : car dès que l'Acteur feroit forcé d'aller en mefure, il ne pourroit plus développer fa voix ni fon jeu, traîner fon chant, renfler, prolonger fes fons, ni crier à pleine tête, & par conféquent il ne feroit plus applaudi.

Mais ce qui prévient encore plus efficacement la monotonie & l'ennui dans les Tragédies Italiennes, c'eft l'avantage de pouvoir exprimer tous les fentimens & peindre tous les caractéres avec telle

E ij

mesure & tel mouvement qu'il plaît au Compositeur. Notre mélodie, qui ne dit rien par elle-même, tire toute son expression du mouvement qu'on lui donne; elle est forcément triste sur une mesure lente, furieuse ou gaye sur un mouvement vif, grave sur un mouvement modéré : le chant n'y fait presque rien, la mesure seule, ou, pour parler plus juste, le seul dégré de vitesse détermine le caractére. Mais la mélodie Italienne trouve dans chaque mouvement des expressions pour tous les caractéres, des tableaux pour tous les objets. Elle est, quand il plaît au Musicien, triste sur un mouvement vif, gaye sur un mouvement lent, & comme je l'ai déja dit, elle change sur le même mouvement de caractére au gré du Compositeur; ce qui lui donne la facilité des contrastes, sans dépendre en cela du Poëte & sans l'exposer à des contrefens.

Voilà la source de cette prodigieuse variété que les grands Maîtres d'Italie sçavent répandre dans leurs Opéra, fans jamais fortir de la nature : variété qui prévient la monotonie, la langueur & l'ennui, & que les Muficiens François ne peuvent imiter, parce que leurs mouvemens font donnés par le fens des paroles, & qu'ils font forcés de s'y tenir, s'ils ne veulent tomber dans des contrefens ridicules.

A l'égard du récitatif, dont il me refte à parler, il femble que pour en bien juger il faudroit une fois fçavoir précifément ce que c'eft ; car jufqu'ici je ne fçache pas que de tous ceux qui en ont difputé, perfonne fe foit avifé de le définir. Je ne fçais, Monfieur, quelle idée vous pouvez avoir de ce mot ; quant à moi, j'appelle récitatif une déclamation harmonieufe, c'eft-à-dire , une déclamation dont toutes les inflexions fe font par intervalles harmoniques. D'où il fuit que comme chaque langue a une déclamation qui lui eft propre, chaque langue doit auſſi avoir ſon récitatif particulier ; ce qui n'empêche pas qu'on ne puiſſe très-bien comparer un récitatif à un autre, pour ſçavoir lequel des deux eſt le meilleur, ou celui qui ſe rapporte le mieux à ſon objet.

Le récitatif eſt néceſſaire dans les dra-mes lyriques, 1. Pour lier l'action & ren-dre le ſpectacle un. 2. Pour faire valoir les airs, dont la continuité deviendroit in-ſupportable. 3. Pour exprimer une mul-titude de choſes qui ne peuvent ou ne doivent point être exprimées par la Mu-ſique chantante & cadencée. La ſimple déclamation ne pouvoit convenir à tout cela dans un ouvrage lyrique, parce que la tranſition de la parole au chant, & ſur-tout du chant à la parole, a une dureté à laquelle l'oreille ſe prête difficilement, & forme un contraſte ridicule qui détruit toute l'illuſion, & par conſéquent l'inté-rêt ; car il y a une ſorte de vraiſemblance qu'il faut conſerver, même à l'Opéra, en rendant le discours tellement uniforme, que le tout puisse être pris au moins pour une langue hypothétique. Joignez à cela que le secours des accords augmente l'énergie de la déclamation harmonieuse, & dédommage avantageusement de ce qu'elle a de moins naturel dans les intonations.

Il est évident, d'après ces idées, que le meilleur récitatif, dans quelque Langue que ce soit, si elle a d'ailleurs les conditions nécessaires, est celui qui approche le plus de la parole ; s'il y en avoit un qui en approchât tellement, en conservant l'harmonie qui lui convient, que l'oreille ou l'esprit pût s'y tromper, on devroit prononcer hardiment que celui-là auroit atteint toute la perfection dont aucun récitatif puisse être susceptible.

Examinons maintenant sur cette régle ce qu'on appelle en France, récitatif, & dites-moi, je vous prie, quel rapport vous pouvez trouver entre ce récitatif &

notre déclamation ? Comment conce-
vrez-vous jamais que la Langue Françoise
dont l'accent est si uni, si simple, si mo-
deste, si peu chantant, soit bien rendue
par les bruyantes & criardes intonations
de ce récitatif, & qu'il y ait quelque rapport entre les douces inflexions de la parole & ces sons soutenus & renflés, ou
plutôt ces cris éternels qui font le
tissu de cette partie de notre Musique
encore plus même que des airs ? Faites, par exemple, réciter à quelqu'un
qui sache lire, les quatre premiers vers de
la fameuse reconnoissance d'Iphigénie. A
peine reconnoîtrez-vous quelques légéres
inégalités, quelques foibles inflexions de
voix dans un récit tranquille, qui n'a rien
de vif ni de passionné, rien qui doive en-
gager celle qui le fait à élever ou abaisser
la voix. Faites ensuite réciter par une de
nos Actrices ces mêmes vers sur la note du
Musicien, & tâchez, si vous le pouvez,
de supporter cette extravagante criail-

lerie, qui paſſe à chaque inſtant de bas en haut & de haut en bas, parcourt ſans ſujet toute l'étendue de la voix, & ſuſpend le récit hors de propos· pour *filer de beaux ſons* ſur des ſyllabes qui ne ſignifient rien, & qui ne forment aucun repos dans le ſens !

Qu'on joigne à cela les frédons, les cadences, les ports-de-voix qui reviennent à chaque inſtant, & qu'on me diſe quelle analogie il peut y avoir entre la parole & toute cette mauſſade pretintaille, entre la déclamation & ce prétendu récitatif? qu'on me montre au moins quelque côté par lequel on puiſſe raiſonnablement vanter ce merveilleux récitatif François dont l'invention fait la gloire de Lully ?

C'eſt une choſe aſſez plaiſante que d'entendre les Partiſans de la Muſique Françoiſe ſe retrancher dans le caractére de la Langue, & rejetter ſur elle des défauts dont ils n'oſent accuſer leur idole, tandis qu'il eſt de toute évidence que le meilleur récitatif qui peut convenir à la Langue Françoiſe doit être oppoſé preſque en tout à celui qui y eſt uſage : qu'il doit rouler entre de fort petits intervalles, n'élever ni n'abaiſſer beaucoup la voix, peu de ſons ſoutenus, jamais d'éclats, encore moins de cris, rien ſur-tout qui reſſemble au chant, peu d'inégalité dans la durée ou valeur des notes, ainſi que dans leurs degrés. En un mot le vrai récitatif François, s'il peut y en avoir un, ne ſe trouvera que dans une route directement contraire à celle de Lully & de ſes ſucceſſeurs; dans quelque route nouvelle qu'aſſurément les Compoſiteurs François, ſi fiers de leur faux ſavoir, & par conſéquent ſi éloignés de ſentir & d'aimer le véritable, ne s'aviſeront pas de chercher ſi-tôt, & que probablement ils ne trouveront jamais.

Ce ſeroit ici le lieu de vous montrer par l'exemple du récitatif Italien, que toutes les conditions que j'ai suppofées dans un bon récitatif, peuvent en effet s'y trouver; qu'il peut avoir à la fois toute la vivacité de la déclamation, & toute l'énergie de l'harmonie; qu'il peut marcher auffi rapidement que la parole, & être auffi mélodieux qu'un véritable chant; qu'il peut marquer toutes les inflexions dont les paffions les plus véhémentes animent le difcours, fans forcer la voix du chanteur, ni étourdir les oreilles de ceux qui écoutent. Je pourrois vous montrer comment, à l'aide d'une marche fondamentale particuliere, on peut multiplier les modulations du récitatif d'une maniere qui lui foit propre, & qui contribue à la diftinguer des airs, où, pour conferver les graces de la mélodie, il faut changer de ton moins fréquemment; comment fur-tout, quand on veut donner à la paffion le tems de déployer tous fes mouvemens, on peut, à l'aide d'une fymphonie habilement mé-

nagée, faire exprimer à l'Orcheftre, par
des chants pathétiques & variés, ce que
l'Acteur ne doit que réciter : chef d'œuvre de l'art du Muficien, par lequel il
fait, dans un récitatif obligé *, joindre la
mélodie la plus touchante à toute la vé-
hémence de la déclamation, fans jamais
confondre l'une avec l'autre : je pourrois
vous deployer les beautés fans nombre
de cet admirable récitatif, dont on fait
en France tant de contes auffi abfurdes
que les jugemens qu'on s'y mêle d'en
porter, comme fi quelqu'un pouvoit prononcer fur un récitatif, fans connoître
à fond la langue à laquelle il eft propre.
Mais pour entrer dans ces détails il faudroit, pour ainfi dire, créer un nouveau
Dictionnaire, inventer à chaque inftant

* J'avois efpéré que le fieur Caffarelli nous donneroit, au Concert Spirituel, quelque morceau de grand
récitatif & de chant pathétique, pour faire entendre une
fois aux prétendus Connoiffeurs ce qu'ils jugent depuis
fi longtems ; mais fur fes raifons pour n'en rien faire, j'ai
trouvé qu'il connoiffoit encore mieux que moi la portée
de fes Auditeurs.

des termes pour offrir aux lecteurs François des idées inconnues parmi eux, & leur tenir des discours qui leur paroîtroient du galimatias. En un mot, pour en être compris il faudroit leur parler un langage qu'ils entendissent, & par conséquent de science & d'arts de tout genre, excepté la seule Musique. Je n'entrerai donc point sur cette matiere dans un détail affecté qui ne serviroit de rien pour l'instruction des Lecteurs, & sur lequel ils pourroient présumer que je ne dois qu'à leur ignorance en cette partie la force apparente de mes preuves.

Par la même raison je ne tenterai pas non plus le paralléle qui a été proposé cet Hyver dans un Écrit adressé au Petit Prophéte & à ses adversaires, de deux morceaux de Musique, l'un Italien & l'autre François, qui y sont indiqués. La scéne Italienne confondue en Italie avec mille autres chefs d'œuvres égaux & supérieurs, étant peu connue à Paris; peu

de gens pourroient fuivre la comparaifon, & il fe trouveroit que je n'aurois
parlé que pour le petit nombre de ceux
qui favoient déja ce que j'avois à leur
dire. Mais quant à la fcéne Françoife
j'en crayonnerai volontiers l'analyfe avec
d'autant plus de plaifir, qu'étant le morceau confacré dans la Nation par les.
plus unanimes fuffrages, je n'aurai pas
à craindre qu'on m'accufe d'avoir mis
de la partialité dans le choix, ni d'avoir
voulu fouftraire mon jugement à celui
des Lecteurs par un fujet peu connu.

Au refte, comme je ne puis examiner ce morceau fans en adopter le genre,
au moins par hypothéfe, c'eft rendre à
la Mufique Françoife tout l'avantage que
la raifon m'a forcé de lui ôter dans le
cours de cette Lettre ; c'eft la juger fur
fes propres régles ; de forte que quand
cette fcéne feroit auffi parfaite qu'on le
prétend, on n'en pourroit conclurre autre chofe finon que c'eft de la Mufique

Françoife bien faite, ce qui n'empêche-
roit pas que le genre étant démontré
mauvais, ce ne fût abfolument de mauvaife Mufique ; il ne s'agit donc ici que
de voir fi l'on peut l'admettre pour bonne,
au moins dans fon genre.

Je vais pour cela tâcher d'analyfer en
peu de mots ce célebre monologue d'Armide, *enfin, il eſt en ma puiſſance*, qui paſſe
pour un chef-d'œuvre de déclamation, &
que les Maîtres donnent eux-mêmes pour
le modéle le plus parfait du vrai récitatif
François.

Je remarque d'abord que M. Rameau
l'a cité avec raifon en exemple d'une modulation exacte & très-bien liée : mais
cet éloge appliqué au morceau dont il
s'agit, devient une véritable fatyre, &
M. Rameau lui-même fe feroit bien gar-
dé de mériter une femblable louange en
pareil cas : car que peut-on concevoir de
plus mal conçu que cette régularité fco-
laftique dans une fcene où l'emporte-

ment, la tendreſſe & le contraſte des paſſions oppoſées mettent l'Actrice & les
Spectateurs dans la plus vive agitation?
Armide furieuſe vient poignarder ſon ennemi. A ſon aſpect, elle héſite, elle ſe
laiſſe attendrir, le poignard lui tombe des
mains; elle oublie tous ſes projets de
vengeance, & n'oublie pas un ſeul inſtant ſa modulation. Les réticences, les
interruptions, les tranſitions intellectuel-
les que le Poëte offroit au Muſicien n'ont
pas été une ſeule fois ſaiſies par celui-ci.
L'Héroïne finit par adorer celui qu'elle
vouloit égorger au commencement; le
Muſicien finit en *E ſi mi* comme il avoit
commencé, ſans avoir quité un inſtant
les cordes les plus analogues au ton principal, ſans avoir mis une ſeule fois dans
la déclamation de l'Actrice la moindre in-
flexion extraordinaire qui fît foi de l'agitation de ſon ame, ſans avoir donné la
moindre expreſſion à l'harmonie: & je dé-
fie qui que ce ſoit d'aſſigner par la Muſique

fique feule, foit dans le ton , foit dans la mélodie , foit dans la déclamation , foit dans l'accompagnement , aucune différence fenfible entre le commencement & la fin de cette fcéne , par où le Spéctateur puiffe juger du changement prodigieux qui s'eft fait dans le cœur d'Armide.

Obfervez cette Baffe - continue : Que de croches ! que de petites notes paffageres pour courrir après la fucceffion harmonique ! Eft-ce ainfi que marche la Baffe d'un bon récitatif, où l'on ne doit entendre que de groffes notes , de loin en loin , le plus rarement qu'il eft poffible, & feulement pour empêcher la voix du récitant & l'oreille du Spéctateur de s'égarer ?

Mais voyons comment font rendus les beaux vers de ce monologue, qui peut paffer en effet pour un chef-d'œuvre de Poëfie.

Enfin il eft en ma puiffance.

Voilà un *trille*, * &, qui pis eft, un

* Je fuis contraint de francifer ce mot pour exprimer le battement de gofier que les Italiens appellent ainfi, parce

repos abfolu dès le premier vers, tandis que le fens n'eft achevé qu'au fecond. J'avoue que le Poëte eût peut-être mieux fait d'omettre ce fecond vers, & de laif-fer aux Spectateurs le plaifir d'en lire le fens dans l'ame de l'Actrice ; mais puif-qu'il l'a employé, c'étoit au Muficien de le rendre.

Ce fatal ennemi, ce fuperbe vainqueur !

Je pardonnerois peut-être au Muficien d'avoir mis ce fecond vers dans un autre ton que le premier, s'il fe permettoit un peu plus d'en changer dans les occafions néceffaires.

Le charme du fommeil le livre à ma vengeance.

Les mots de *charme* & de *fommeil* ont été pour le Muficien un piége inévitable ; il a oublié la fureur d'Armide, pour faire ici un petit fomme, dont il fe réveillera au mot *percer.* Si vous croyez que c'eft par hazard qu'il a employé des fons doux que me trouvant à chaque inftant dans la néceffité de me fervir du mot de *cadence* dans une autre acception, il ne m'étoit pas poffible d'éviter autrement des équivoques con-tinuelles.

sur le premier hémistiche, vous n'avez qu'à écouter la Basse : Lulli n'étoit pas homme à employer de ces dieses pour rien.

Je vais percer son invincible cœur.

Que cette cadence finale est ridicule dans un mouvement aussi impétueux ! Que ce trille est froid & de mauvaise grace ! Qu'il est mal placé sur une syllabe bréve, dans un récitatif qui devroit voler, & au milieu d'un transport violent !

Par lui tous mes Captifs sont sortis d'esclavage :
Qu'il éprouve toute ma rage.

On voit qu'il y a ici une adroite réticence du Poëte. Armide, après avoir dit qu'elle va percer l'invincible cœur de Renaut, sent dans le sien les premiers mouvemens de la pitié, ou plutôt de l'amour ; elle cherche des raisons pour se raffermir, & cette transition intellectuelle amene fort bien ces deux vers, qui sans cela se lieroient mal avec les précédens, & deviendroient une répétition tout à fait superflue de ce qui n'est ignoré ni de l'Actrice ni des Spectateurs.   F ij

Voyons, maintenant, comment le Muſicien a exprimé cette marche ſecrette du cœur d'Armide. Il a bien vu qu'il falloit mettre un intervalle entre ces deux vers & les précédens, & il a fait un ſilence qu'il n'a rempli de rien, dans un moment où Armide avoit tant de choſes à ſentir, & par conſéquent l'orcheſtre à exprimer. Après cette pauſe il recommence exactement dans le même ton, ſur le même accord, ſur la même note par où il vient de finir, paſſe ſucceſſivement par tous les ſons de l'accord durant une meſure entiere, & quitte enfin avec peine le ton autour duquel il vient de tourner ſi mal à propos.

Quel trouble me ſaiſit ? Qui me fait héſiter ?

Autre ſilence, & puis c'eſt tout. Ce vers eſt dans le même ton, preſque dans le même accord que le précédent. Pas une altération qui puiſſe indiquer le changement prodigieux qui ſe fait dans l'ame & dans les diſcours d'Armide. La tonique, il eſt vrai, devient dominante par un mouvement de Baſſe. Eh Dieux ! il eſt bien queſtion de tonique & de dominante dans un inſtant où toute liaiſon harmonique doit être interrompue, où tout doit peindre le déſordre & l'agitation. D'ailleurs, une légere altération qui n'eſt que dans la Baſſe, peut donner plus d'énergie aux inflexions de la voix, mais jamais y ſuppléer. Dans ce vers, le cœur, les yeux, le viſage, le geſte d'Armide, tout eſt changé, hormis ſa voix : elle parle plus bas, mais elle garde le même ton.

Qu'eſt-ce qu'en ſa faveur la pitié me veut dire ?
Frappons.

Comme ce vers peut être pris en deux ſens différens, je ne veux pas chicanner Lulli pour n'avoir pas préféré celui que j'aurois choiſi. Cependant il eſt incomparablement plus vif, plus animé, & fai mieux valoir ce qui ſuit. Armide, comme Lulli la fait parler, continue à s'attendrir en s'en demandant la cauſe à elle-même-

Qu'eſt-ce qu'en ſa faveur la pitié me veut dire ?

Puis tout d'un coup elle revient à sa fureur par ce seul mot :

Frappons.

Armide, indignée comme je la conçois, après avoir héfité, rejette avec précipitation fa vaine pitié, & prononce vivement & tout d'une haleine en levant le poignard.

Qu'eft-ce qu'en fa faveur la pitié me veut dire ?
Frappons.

Peut-être Lulli même a-t-il entendu ainfi ce vers, quoiqu'il l'ait rendu autrement : Car fa note décide fi peu la déclamation, qu'on lui peut donner fans rifque le fens que l'on aime mieux.

. . . . . . Ciel ! qui peut m'arrêter ?
Achevons... je frémis ! vengeons-nous... je foupire.

Voilà certainement le moment le plus violent de toute la fcéne. C'eft ici que fe fait le plus grand combat dans le cœur d'Armide. Qui croiroit que le Muficien a laiffé toute cette agitation dans le même

ton, sans la moindre transition intellectuelle, sans le moindre écart harmonique,
d'une maniere si insipide, avec une mélodie si peu caractérisée & une si incon-
cevable mal-adresse, qu'au lieu du dernier vers que dit le Poëte,

Achevons ; je frémis. Vengeons-nous ; Je soupire.

le Musicien dit exactement celui-ci.

Achevons ; achevons. Vengeons-nous ; vengeons-nous.

Les *trilles* font sur-tout un bel effet sur
de telles paroles, & c'est une chose bien
trouvée que la cadence parfaite sur le mot
soupire !

Est-ce ainsi que je dois me venger aujourd'hui ?
Ma colere s'éteint quand j'approche de lui.

Ces deux vers seroient bien déclamés
s'il y avoit plus d'intervalle entre eux, &
que le second ne finît pas par une cadence
parfaite. Ces cadences parfaites sont toujours la mort de l'expression, sur-tout dans
le récitatif François où elles tombent si
lourdement.

Plus je le vois , plus ma vengeance est vaine.

Toute perfonne qui fentira la véritable déclamation de ce vers , jugera que le fecond hémiftiche eft à contre-fens ; la voix doit s'élever fur *ma vengeance*, & retomber doucement fur *vaine.*

Mon bras tremblant fe refufe à ma haine.

Mauvaife cadence parfaite ! d'autant plus qu'elle eft accompagnée d'un trille.

Ah ! quelle cruauté de lui ravir le jour !

Faites déclamer ce vers à Mlle. Dumefnil , & vous trouverez que le mot *cruauté* fera le plus élevé , & que la voix ira toujours en baiffant jufqu'à la fin du vers : mais, le moyen de ne pas faire poindre *le jour* ! je reconnois là le Muficien.

Je paffe pour abréger le refte de cette fcene , qui n'a plus rien d'intéreffant ni de remarquable que les contre-fens ordinaires & des trilles continuels , & je finis par le vers qui la termine.

Que, s'il fe peut, je le haïffe.

Cette parenthéfe, *s'il fe peut*, me femble une épreuve fuffifante du talent du Muficien ; quand on la trouve fur le même ton, fur les mêmes notes que *je le haïffe*, il eft bien difficile de ne pas fentir combien Lulli étoit peu capable de mettre de la Mufique fur les paroles du grand homme qu'il tenoit à fes gages.

A l'égard du petit air de guinguette qui eft à la fin de ce monologue, je veux bien confentir à n'en rien dire, & s'il y a quelques amateurs de la Mufique Françoife qui connoiffent la fcene Italienne qu'on a mife en paralelle avec celle-ci, & furtout l'air impétueux, pathétique & tragique qui la termine, ils me fçauront gré fans doute de ce filence.

Pour réfumer en peu de mots mon fentiment fur le célebre monologue, je dis que fi on l'envifage comme du chant, on n'y trouve ni mefure, ni caractére, ni mélodie : fi l'on veut que ce foit du récitatif, on n'y trouve ni naturel ni expreffion ;

quelque nom qu'on veuille lui donner, on le trouve rempli de sons filés, de trilles & autres ornemens du chant bien plus ridicules encore dans une pareille situation qu'ils ne le font communement dans la Musique Françoise. La modulation en est réguliere, mais puérile par cela même, scholastique, sans énergie, sans affection sensible. L'accompagnement s'y borne à la Basse-continue, dans une situation où toutes les puissances de la Musique doivent être déployées ; & cette Basse est plutôt celle qu'on feroit mettre à un Ecolier sous sa leçon de Musique, que l'accompagnement d'une vive scene d'Opera, dont l'harmonie doit être choisie & appliquée avec un discernement exquis pour rendre la déclamation plus sensible & l'expression plus vive. En un mot si l'on s'avisoit d'exécuter la Musique de cette scene sans y joindre les paroles, sans crier ni gesticuler, il ne feroit pas possible d'y rien démêler d'analogue à la situation qu'elle veut peindre & aux fentimens qu'elle veut exprimer, & tout cela ne paroîtroit qu'une ennuyeufe fuite de fons modulée au ha-zard & feulement pour la faire durer.

Cependant ce monologue a toujours fait, & je ne doute pas qu'il ne fît encore un grand effet au théatre, parce que les vers en font admirables & la fituation vive & intéreffante. Mais fans les bras & le jeu de l'Actrice, je fuis perfuadé que perfonne n'en pourroit fouffrir le récita-tif, & qu'une pareille Mufique a grand befoin du fecours des yeux pour être fup-portable aux oreilles.

Je crois avoir fait voir qu'il n'y a ni me-fure ni mélodie dans la Mufique Fran-çoife, parce que la langue n'en eft pas fuf-ceptible ; que le chant François n'eft qu'un aboyement continuel, infupportable à toute oreille non prévenue ; que l'harmo-nie en eft brute, fans expreffion & fentant uniquement fon rempliffage d'Ecolier ; que les airs François ne font point des airs ; que le récitatif François n'est point du récitatif. D'où je conclus que les François n'ont point de Musique & n'en peuvent avoir ; *ou que si jamais ils en ont une, ce sera tant pis pour eux.

Je suis, &c.

* Je n'appelle pas avoir une Musique que d'emprunter celle d'une autre langue pour tâcher de l'appliquer à la sienne, & j'aimerois mieux que nous gardassions notre maussade & ridicule chant, que d'associer encore plus ridiculement la mélodie Italienne à la langue Françoise. Ce dégoûtant assemblage, qui peut-être sera désormais l'étude de nos Musiciens, est trop monstrueux pour être admis, & le caractére de notre langue ne s'y prêtera jamais. Tout au plus quelques piéces comiques pourront-elles passer en faveur de la symphonie ; mais je prédis hardiment que le genre tragique ne sera pas même tenté. On a applaudi cet été à l'Opera comique l'ouvrage d'un homme de talent qui paroît avoir écouté la bonne Musique avec de bonnes oreilles, & qui en a traduit le genre en François d'aussi près qu'il étoit possible ; ses accompagnemens sont bien imités sans être copiés, & s'il n'a point fait de chant, c'est qu'il n'est pas possible d'en faire. Jeunes Musiciens qui vous sentez du talent, continuez de mépriser en public la Musique Italienne, je sens bien que votre intérêt présent l'exige, mais hârez-vous d'étudier en particulier cette langue & cette Musique, si vous voulez pouvoir tourner un jour contre vos Camarades le dédain que vous affectez aujourd'hui contre vos Maîtres.